OSO EN CASA

Escrito por Stella Blackstone
Ilustrado por Debbie Harter

Barefoot Books
Celebrating Art and Story

Aquí vive Oso, en esta casita.

Abre la puerta, vamos de visita.

Ésta es la cocina que hay que limpiar y barrer.

Y éste es el comedor donde
Oso se sienta a comer.

Éste es el cuarto de juegos donde Oso suele jugar.

Y ésta es la sala de estar donde Oso suele descansar.

Éste es el pasillo con una escalera para subir,

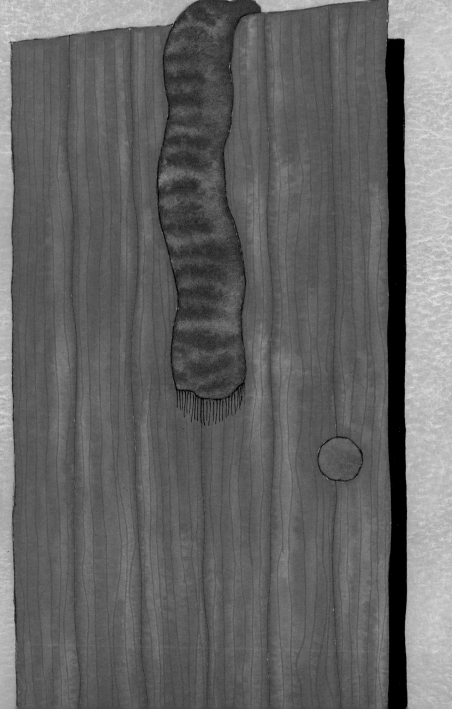

y ésta es la biblioteca con libros para leer y descubrir.

Éste es el cuarto de baño con vivos colores y peces del mar,

y éste es el dormitorio donde
Oso de noche se suele acostar.

PRIMERA PLANTA

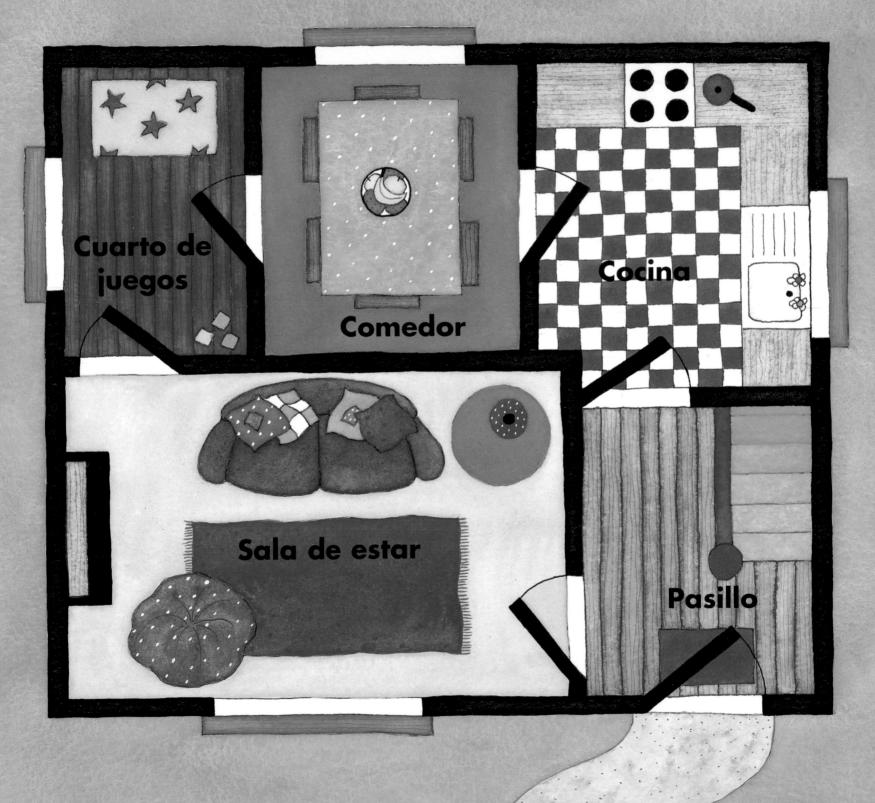

Cuarto de juegos

Comedor

Cocina

Sala de estar

Pasillo